Mark Sarg

Der Papst unter dem Bett

Mark Sarg

Der Papst unter dem Bett

Bizarre Kurzgeschichten

Goldene Rakete Verlag für Belletristik

Imprint

Cover image: www.ingimage.com

Publisher:
Goldene Rakete Verlag für Belletristik
is a trademark of
International Book Market Service Ltd., member of OmniScriptum Publishing Group
17 Meldrum Street, Beau Bassin 71504, Mauritius

Printed at: see last page
ISBN: 978-620-2-44382-1

INHALTSVERZEICHNIS

DER PAPST ALS AUSRUTSCHER

Noch als 16-Jährigen stellte Signora Umberta Umtata ihren Sohn Andrea immer bloß ***not***gedrungen und **verschämt** als „einmaligen Ausrutscher“ vor.

Und gerade diese Einmaligkeit war es offenbar auch, die ihm später, als Großem Umtata, zum Papstruhm verhalf.

Oder war es etwa doch der ***Ausrutscher***?

DER RETTENDE BART

„Gott, mein **Bart** hat mich gerettet!“ Zutiefst erleichtert bekreuzigte sich Mrs. Frenzy Schönblum, als sie bei der Pilzsuche im Walde einem ortsbekannten, berüchtigten Wüstling über den Weg lief und dieser sich zwar zögerlich umwandte, aber keinerlei weiteren Ambitionen zeigte und schließlich missmutig weiterschlich. Und dabei war es lediglich ihr aufgeklebter Schnauzbart gewesen, den sie auf Grund einer besonderen Vorliebe stets heimlich trug.

Nun freilich sah sie sich veranlasst, ihre glückbringende Leidenschaft zu veröffentlichen – und sämtlichen Frauen der Gemeinde dringend anzuraten, sich gleichfalls mit Bärten zu schmücken. Zumindest wenn sie alleine unterwegs waren.

Daraufhin soll allerdings auch der Unhold seine Strategie gründlich revidiert haben ...

DAS FRIVOLE GESCHÖPF

Ein frivoles Geschöpf überlegte vor seiner Geburt sehr lange und intensiv, welche Laufbahn es wohl auf Erden einschlagen könne, um seine ausgeprägte Frivolität möglichst **umfassend** auszuleben.

Und entschied sich schließlich klar für das Amt des Papstes.

„BEERBEN SIE MICH!“

„Beerben Sie mich nur, mein Wertester!“ Großzügigst einladend wies Dottore Brentano Sargwein auf die in seinem Hause befindlichen Kostbarkeiten und Geschmeide, nachdem er mit seinem geheimnisvollen Besucher handelseins geworden war.

Doch zuvor hatte ihm dieser freilich noch eine kleine Gefälligkeit zu erweisen – und ihm den Schädel einzuschlagen.

„BEERBEN SIE MICH NICHT!“

„Beerben Sie mich ***ja*** nicht, auf meinem Gelde lastet ein Fluch, Madame!“, beschwor eindringlich Marquis Beaumarchais Faltrüssel seine Gemahlin Rose, ehe er dahinschied.

Laut hohnlachend schlug sie seine Warnung in den Wind – und landete ebenfalls drüben.

Allerdings erst 200 Jahre später. Nachdem sie hinreichend **Abbitte** für die Missachtung seiner Worte geleistet hatte.

„BEERBEN SIE SICH!“

„Beerben Sie sich am besten ausschließlich selbst. So bürden Sie Ihrer Verwandtschaft auch keinerlei Zwietracht auf!“ Der klugen Empfehlung des Notars Dr. Richmond Haubenschädel gemäß, verscharrte Lord Calvin Leichthammel schon zu Lebzeiten fast sein gesamtes Vermögen in einem Versteck unweit des vorsorglich errichteten Grabes.

Und er hatte seinen beherzten Entschluss wahrlich nicht zu bereuen, denn dort liegt es unberührt bis heute.

Einzig, dass es keine Zinsen trägt, wurmt ihn manchmal doch ein bisschen.

„BEERBEN SIE SICH NICHT!“

„Beerben Sie sich nicht selbst, denn vor dem Herrn hilft Ihnen dies wenig!“ Den Argumenten seines Beichtvaters, Pastor Norino Schraubenkopf, durchaus zugänglich, vermachte Hofrat Maliposo Rabenmund seine ansehnlichen Besitztümer daher lieber der Kirche.

Aber dieses half ihm vor dem Herrn dann ***noch*** weniger …

DIE GRAUENHAFTE VISION

Eine grauenhafte nächtliche Vision befiel Papst Windei den Schmächtigen: Er sei von ganz **gewöhnlicher Sterblichkeit**, ohne jeden Anspruch auf Heiligkeit!

Zutiefst erschrocken und in Schweiß gebadet griff er nach dem Rosenkranz, bekreuzigte sich – und ließ sich zur weiteren Beruhigung vom aus dem Schlaf geklingelten Kammerdiener sowie einigen eiligst herbeizitierten Kardinälen die Füße ablecken und küssen.

Um hernach mit Genugtuung zu registrieren, dass ohnehin alles völlig in Ordnung war mit ihm. Offenbar hatte er nur abends zu viel Messwein getrunken oder zu viele Hostien verzehrt.

Oder aber er hatte soeben mit „Bravour" einer Einflüsterung des **Teufels** widerstanden!

Und hochzufrieden warf er alle wieder hinaus und spendete sich selbst Applaus.

DER PAPST ALS NUDELWALKER

Um der Beseitigung des Unglaubens etwas mehr Nachdruck zu verleihen, verwandelte sich Papst Rigorosius der Unerbittliche hin und wieder in einen Nudelwalker – der sich den sündigen Opfern erst auf den Kopf schlug und sie hernach genüsslich zu einem Teig auswalkte.

Und wenn sie dann immer noch ungläubig waren, fertigte er glatt Nudeln aus ihnen – die er als Belohnung an die Gläubigen verfütterte.

Denn dies war nach seiner Auffassung auf jeden Fall humaner, vor allem aber weit **nutzbringender** und **nahrhafter** als die herkömmliche Verbrennung auf dem Scheiterhaufen.

DER PAPST ALS FROHNATUR

Für einen kurzen Augenblick nur gelang Papst Humoricus dem Einzigen die Quadratur des Kreises – und er gebärdete sich ganz als **Frohnatur**.

Schon im nächsten Moment aber überfielen ihn desto nachhaltiger Gedanken von Schuld, Reue und Sühne – und er stürzte sich mit Büßermiene von der Kuppel des Vatikans.

DAS FRÄULEIN UND DER MOB

Fräulein Gardenia Hummelkuss, die seit langem unter heftigen Angstzuständen und Neurosen litt, hatte einen „erlösenden Alptraum“ – der ihr im Nachklang endlich die Augen öffnete.

Sie sah sich von einem ekelhaften finsteren Mob bedroht und verfolgt, dem sie aber in allerletzter Sekunde gerade noch entrinnen konnte.

Gleich am nächsten Morgen trat sie aus der katholischen Kirche aus – und von da ab ging es ihr Schlag auf Schlag immer besser …

DAS FRÄULEIN UND DER MOPS

Signorina Dorabella Knautschhirn fand auf der Straße einen herrenlosen Mops.

Da er ihr gottlob ausnehmend gut gefiel, sind jetzt **beide** nicht mehr herrenlos.

DER PAPST ALS KLOPAPIER

Verwenden Sie Toilettenpapier? Wenn ja, dann wissen Sie vermutlich auch um die ungemeine **Nützlichkeit** dieser segensreichen Erfindung.

Sie dem Papste gleichzusetzen, bedeutet daher eine nachgerade „heiligende“, jedenfalls völlig unverdiente ***Höherstellung*** Seiner Heiligkeit ...

DER PAPST ALS UHU

Um sich mit den Gesetzen der freien Natur ein wenig besser vertraut zu machen, gedachte Papst Alraunius der Schlaue für einige Wochen mit Gottes Erlaubnis als **Uhu** durch den Wald zu ziehen.

Da er aber nicht hinreichend geschult war, fiel er gleich in der ersten Nacht bei einer „Bruchlandung“ einer läufigen Hyäne zum Opfer.

Um eine eminente Erfahrung reicher kehrte er zurück in den Vatikan – und pries den Schöpfer einmal mehr, dass es neben der ungeschützten Freiheit der Natur vor allem auch die **geschützte Unfreiheit** der Kirche gab ...

DER PAPST ALS FEE DRAGÉE

Um sich zum Ende der Fastenzeit eine kleine Belohnung zu vergönnen, stülpte sich Papst Pfefferhut der Adrette ein rosa Kleidchen über und verwandelte sich flugs in eine Fee Dragée.

Doch war er von sich nun ***so*** begeistert, dass er sich vom Fleck weg heiratete – und dem Papsttum gänzlich abschwor.

Auch keine schlechte Entscheidung ...

DAS WERK SATANS

„Im Grunde ist es wirklich ganz einfach: Etwas, das Leute im besten Falle dazu bringt, über andere den Stab zu brechen oder auch nur den Mund über sie zu verziehen, im schlimmsten aber sie gar bestialisch hinzumetzeln, kann ***niemals*** (!) – gleich, mit welchen Begriffen man dies zu verbrämen sucht – **göttlichen** Ursprungs sein, sondern stets nur das Werk ***Satans*** oder, was nicht viel Unterschied bedeutet, des Menschen. Und exakt dieses trifft eben leider auf fast sämtliche derzeit bekannten ‚Religionen' mehr oder weniger zu!"

Wer, der guten Willens, wollte den Worten des bis heute **sträflich** vernachlässigten Mystikers Sombrero von Jucklaus ernsthaft widersprechen?

DIE SÜNDEN DER VERGANGENHEIT

Als Folge des gemeinschaftlichen Fehltritts von Baronesse Ildefonsia von Raunzenhuber und Winifred Graf Goldstuber erblickte der von der Amme getaufte Malibou das „Licht" der Welt.

Und hatte nun für die Sünden seiner Erzeuger ganz ungefragt durch sein ***Leben*** zu bezahlen – während jene ihm nur „alles Gute" wünschten und sich verschämt aus dem Staube machten …

DAS VERDAUUNGSGESPRÄCH

Am Rande eines Ernährungskongresses entspann sich zwischen Medizinalrat Ernesto Fliegenkuss und Prof. Alfredo Schmusemus, ebenso anerkannte wie hitzköpfige Kapazitäten höchst **unterschiedlicher** Disziplinen, eine überaus „anregende" Debatte über deren Verdauung – die sich gleichwohl für beide als absolut ***un***verdaulich erweisen sollte.

Sie schlugen einander in geistigem Durchfall die Schädel ein.

DIE VERDÄCHTIGE FIGUR (1)

„Mir ist meine Figur die längste Zeit schon verdächtig!“, knurrte Señora Trampolina Papstspeck nach einem inquisitorischen Blick in den Spiegel und entschloss sich, energisch abzunehmen.

Doch nahm sie stattdessen bloß immer weiter zu, was ihren Verdacht natürlich nur noch bestärkte – sodass sie sich schließlich bemüßigt fühlte, formelle **Anzeige** zu erstatten gegen ihre Figur.

Als aber die Polizei dann endlich erschien, entzog sich die Übeltäterin glatt der Festnahme – indem sie **ganz** auseinanderplatzte!

DIE VERDÄCHTIGE FIGUR (2)

Hinter einem Baum im tiefsten Walde entdeckte Oberförster Ernesto Wadelschütz eine verdächtige Figur mit rotem Haar und giftgrünem Hut, die obendrein gerade ihre Notdurft verrichtete. Da er zu seinem Verdrusse die Flinte nicht dabeihatte, kam sie zwar ungestraft davon, doch nahm er sich fest vor, sie weiter im Auge zu behalten.

Dies sollte ihm auch gar nicht schwerfallen – denn als er abends sein Bett aufsuchte, erwartete ihn die Figur schon darin. Ohne Hut, dafür mit einladendem Grinsen.

„Gut, dass ich sie nicht abgeknallt habe!“, revidierte er nun sein Urteil – und heiratete sie stattdessen. Weil sie ihn so überhaupt nicht an seine frühere Frau erinnerte.

Wenig später wusste er dann freilich auch, **weshalb** sie ihm so verdächtig gewesen war. Aber da war er leider nicht mehr in der Lage, sich wieder scheiden zu lassen ...

DIE PÄPSTLICHE FRÜHGEBURT

Papst Genialicus der Letzte empfing eine gnadenreiche Idee, wie das Christentum doch noch vernünftig zu reformieren und zu retten sei.

Da er sie aber zu ***früh*** und unausgegoren in die Welt setzte, wurde leider ***gar*** nichts aus ihr.

Und obendrein vergaß er sie anschließend gleich wieder …

DAS UNANSTÄNDIGE GESCHÖPF

Ein unanständiges Geschöpf betrat einen Blumenladen, um eine Portion Eiscreme zu bestellen – worauf der Inhaber, Signor Amoroso Schluckauf, bloß auf seine Stirn deutete. Da entblößte es sich und deutete auf sein „allerheiligstes Stück“.

Augenblicklich eilte der Händler zum nächsten Eisverkäufer auf die Straße und kehrte strahlend mit der Creme zurück – die er nun hingebungsvoll an der gewünschten Stelle auftrug, um sie hernach mit größter Lust gleich wieder abzuschlecken.

Tief befriedigt verließ das Geschöpf sodann den Laden, ohne auch nur seinen Dank auszusprechen. Dies allerdings tat der **Besitzer** – der ihm obendrein noch nachrief: „Und, ***bitte,*** beehren Sie uns **baldigst** wieder!!“

DER PAPST ALS RÜHREI

Um sich dem Höllenfürsten in etwas zumutbarerer, schmackhafterer und wohl auch bekömmlicherer Form darzubieten, verwandelte sich Papst Hennizius der Schlaue einfach in ein Rührei mit Speck.

Mit der sprichwörtlichen Selbstüberschätzung seiner Zunft versäumte er jedoch, sich auch entsprechend zu salzen und zu pfeffern – sodass ihn der Teufel angewidert gleich wieder ausspie, ohne die geringste Spur von Heiligkeit zurückzubehalten.

Daraus lernte der kluge Papst, dass man, will man jemanden bekehren, dieses mit einer gewissen ***Würze*** tun muss. – Leider war es ihm nicht mehr möglich, dieses Wissen auch seinen Nachfolgern zu übermitteln ...

DER PAPST ALS SAUMENSCH

Mit dem Ziele, seine heilige Wandlungsfähigkeit auf die „Spitze“ zu treiben, beschloss Papst Gfrastophorus der Freche ganz dreiste, sich mal versuchsweise wie ein „Saumensch“ zu betragen.

Und kam dabei zum verblüffenden Schlusse, dass er weder das Geringste zu verändern noch sich **Fremdes** anzueignen hatte. Er brauchte einfach nur er ***selbst*** zu sein!

Da kam er aus dem heiligen Staunen gar nicht mehr heraus. – Allerdings nur ***er*** ...

„VERNACHLÄSSIGEN SIE SICH NICHT!“

„Vernachlässigen Sie sich um Himmels willen nicht“,
beschwor Prälat Graugans einen liederlichen Wicht,
„damit Sie nicht einer von denen werden,
die bloß **umherkreuchen** auf Erden!“

„VERNACHLÄSSIGEN SIE SICH!“

„Vernachlässigen Sie sich nur weiter so“,
warnte sein Schutzgeist einen Floh,
„der Teufel freut sich schon auf solche Leute!“
Und der Floh – blieb Papst. Bis heute …

„VERNACHLÄSSIGEN SIE MICH NICHT!“

„Vernachlässigen Sie mich nicht, mein Herr,
sonst mache ich Ihnen das Leben schwer!“

Sir Klappsack glaubte seiner Gattin blind
und flüchtete sich in den Tod geschwind.

„VERNACHLÄSSIGEN SIE MICH!“

„Vernachlässigen Sie mich und sich,
dies hilft uns zweien sicherlich!“

Ob es so war – man weiß es nicht,
denn beide starben bald darauf an Gicht.

„GENIEREN SIE SICH NUR NICHT!“

„Genieren Sie sich nur nicht!“, ermunterte heimtückisch Prälat Archimedes Reibteufel einen zutiefst erschrockenen Passanten, den er beim nächtlichen Kontrollgang dabei ertappte, wie er hinter der Kirche seiner Notdurft freien Lauf ließ.

Doch kaum war der Übeltäter damit zu Ende, zückte der Geistliche sein allzeit bereites Beil – und entmannte ihn feierlich, während er beschwörend für seine Seele betete.

„Wieder einer, den ich dem Heile näher gebracht habe, o Herr!“ Stolz blickte er gen Himmel und rieb sich zufrieden die Hände.

Dann erst erbarmte er sich des armen Sünders, nahm ihm schnell noch die Beichte ab und versah ihn mit der letzten Segnung – für den Fall, dass er seine „Heilwerdung“ nicht überlebte ...

DER PAPST ALS UNKRAUT

Über Papst Frühgack den Eifrigen befand der dem Christentum durchaus nicht abholde Kirchenkritiker Prof. Gaudeamus Krautgans, es handle sich bei diesem um eine äußerst seltene Spezies Unkraut, die sich partout **weder** ausreißen noch sonst wie beseitigen ließe.

Und selbst **ausgraben** könnte man ihn nur, wenn man ihn zuvor ***ein***gegraben habe.

Aber er meinte damit wohl sicherlich nicht nur **jenen** Papst …

DIE DAME OHNE ANTLITZ ODER

DIE WUNDERHEILUNG

Hingebungsvoll überließ sich Baronesse Sellerie Gelbsucht ganz dem Geschicke Dr. Ismail Raubischls, einem allseits gefürchteten Wunderheiler, den sie in ihrer Not spät aber doch aufsuchte, weil sie seit der Geburt an „radikalem, unverwüstlichem“ Bartwuchs litt. Und er behandelte sie nun großflächigst mit einer Spezialseife, die er ihr so lange einwirken zu lassen gebot, bis sie wieder daheim sei.

Dort stellte sie dann freilich in einem wahren Freuden- und Überraschungstaumel fest, dass mit dem Barte auch ihr komplettes Gesicht verschwunden war!

In einem überschwänglichen Briefe dankte sie ihm dafür, sie gleich von **zwei** Übeln befreit zu haben – und wies ihm neben dem vereinbarten Honorar noch ein stattliches Extra an ...

DIE BEGLÜCKENDE ERFAHRUNG

Eine für ihn wahrhaft beglückende Erfahrung wurde Lord Jeremiah Hirnlaus zuteil. Wie allabendlich wagte er mangels sonstigen Zeitvertreibs den sportlichen Versuch, seinen wilden Hausdrachen durch einen Ritt zu zähmen, doch warf ihn dieser nicht wie gewohnt giftspeiend und keifend wieder ab – sondern fraß ihn stattdessen zu seiner freudigen Überraschung liebevoll und zärtlich bis zum letzten Reste auf.

So war er obendrein noch, voller Dankbarkeit, seiner permanenten Zukunftssorgen ein für alle Mal entbunden!

DER PAPST ALS LÜMMEL ODER DER HEILIGE BEWEIS

Um sich selber zu erniedrigen, verhielt sich Papst Roderich der Wilde in „gewissen religiösen Phasen“ ganz wie ein ausgesprochener Lümmel. In zerrissener Kleidung und unerkannt spuckte er den Leuten auf den Kopf, stieg ihnen auf die Füße oder trat ihnen sogar, wenn er sich besonders „kasteien“ wollte, gegen das Schienbein.

Als er dabei einmal an den Falschen, nämlich den wahrhaftigen **Polizeipräfekten** Flavius Schmalfuß geriet, nahm ihn dieser sogleich unter Arrest – welche zusätzliche Erniedrigung ihm zunächst durchaus willkommen schien.

Doch drängten die Amtsgeschäfte, weshalb er sich gezwungen sah, seine Identität preiszugeben. In Anbetracht seines heruntergekommenen Zustandes erntete er bloß ungläubiges Gelächter, und der Beamte verlangte schließlich einen „heiligen Beweis“. Da dem Heiligen Vater ohnehin gerade danach war, verrichtete er rasch seine heilige Notdurft auf ihn und segnete ihn hierzu.

Der Präfekt war restlos überzeugt. „***So*** ein Lümmel kann ***wirklich*** nur der Papst sein!“, rief er außer sich und ließ ihn augenblicklich wieder frei – ohne einen weiteren Segen zum Abschied zu erbitten ...

„BEWÄHREN SIE SICH NICHT!“

„Bewähren Sie sich nicht, dann braucht man Sie auch nicht!“ Der Wahlspruch aus dem „Sittenbuch für Fortgeschrittene“ des Abbé Louis-Émile Zauberfrost bewährte sich für Monsignore Baldassare Wühlmaus ganz vorzüglich, denn er lebte glücklich und zufrieden alleine.

Und als ihm endlich klar wurde, dass er sich gerade dadurch **bewährt** hatte, war er bereits drüben angekommen – wo schon die nächste Bewährungsprobe auf ihn wartete …

„BEWÄHREN SIE SICH!“

„Bewähren Sie sich, meine Allerwerteste!“ Keck und ohne Umschweife forderte Marquis Beaujolais Nachtlaus die resolute Madame Fabienne Kropfwirt zum Tanze – worauf sie ihm als Antwort lediglich die Handtasche um die Ohren schlug.

Damit hatte sie sich allerdings in seinen Augen so bewährt, dass er sie vom Fleck weg heiratete.

„DARF ICH SIE BELEIDIGEN?“ (1)

„Darf ich Sie beleidigen?“ Mit diesem ungewöhnlichen Begehr sah sich Sir Moloch Brombeernudel konfrontiert, als er im Supermarkt Lady Beverly Kichermaus in die Quere kam. „Was fällt Ihnen ein, sind Sie verrückt, Sie dumme Kuh?!“, erhob er sogleich Einspruch.

„Gut, dass er sich verwahrt hat dagegen. Ich hätte mich sonst glatt hinreißen lassen!“ Und zur Belohnung für ihre Standhaftigkeit nahm sie gleich eine extragroße Bonbonniere aus dem Regal.

„DARF ICH SIE BELEIDIGEN?“ (2)

„Darf ich Sie beleidigen, Sie Rindvieh?“ Mit lieblicher Unschuldsmiene näherte sich Marquise Sandrine Wackelschuh einem jungen Schutzmanne, der es gewagt hatte, just bei ihrem Erscheinen an der Kreuzung dem Gegenverkehr freizugeben. „Das würde ich mir freilich sehr verbitten!“, wandte er entschieden ein.

„Dann nichts für ungut, ein andermal vielleicht. Herrlichen Tag noch!“ Und sie gab ihm einen aufmunternden Klaps hinten und schied von ihm, als wären sie die allerbesten Freunde.

„DARF ICH SIE DEMÜTIGEN?“

„Darf ich Sie demütigen, mein Herr?“, wandte sich mit Schmollmund Lady Gwyneth Himbeerschädel an Lord Salem Wackelpo. „Aber natürlich, meine Gnädigste, mit Vergnügen!“

Und sie heirateten noch am selben Tage.

DAS EXQUISITE GESCHÖPF

Ein exquisites Geschöpf zerbrach sich die Nase beim Putzen – denn sie war aus allerfeinstem, kostbarem Glas.

„War vielleicht doch nicht so ideal“, befand es, und legte sich eine etwas robustere aus Plastik zu.

DAS ABARTIGE GESCHÖPF

Ein abartiges Geschöpf kroch einen Baum hinauf und fiel herunter. Sogleich kroch es erneut hinauf – und fiel abermals herunter. Nun kroch es so oft hinauf, bis es nur noch **ein** Mal – nämlich tot vor Erschöpfung – herunterfallen konnte.

Und jetzt erst war es zufrieden.

„MIAUEN SIE NICHT!“

„Miauen Sie nicht, mein Fräulein, denn dieses zieht bei mir nicht!“ Kalt blitzte Sekretärin Lydia Schleudernudel mit der Bitte um Gehaltserhöhung bei Direktor Anselmius Greifvogel ab. Worauf sie wütend zu kläffen begann.

Da machte er sie augenblicklich zu seiner Ehefrau.

„MIAUEN SIE!“

„Miauen Sie, wenn Ihnen nach Zärtlichkeiten zumute ist!“ Chronisch an einem diesbezüglichen Defizite laborierend, erprobte Kardinal Erasmus Zimthecht etwas zaghaft und mit schiefem Grinsen diesen kühnen Geheimtipp aus dem „Lexikon für Mensch und Tier“ von Pastor Gorgonzola Schmalfürst.

Worauf prompt der Papst unter dem Bett hervorkroch.

Printed by Books on Demand GmbH, Norderstedt / Germany